22

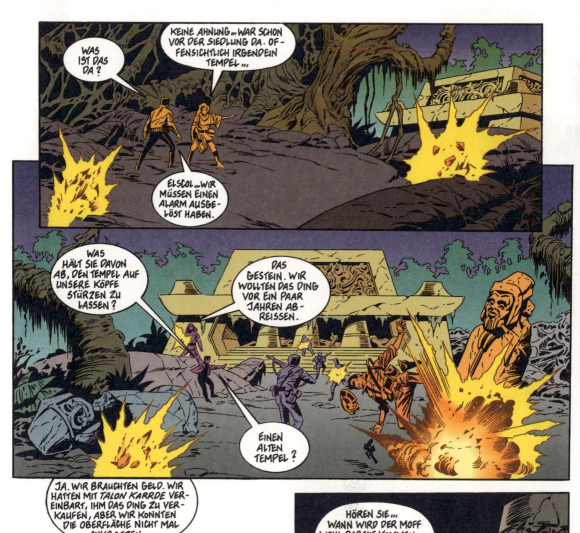

MUNDIS! KAUFT FRISCHE MUNDIS!

CAPTAIN? HABEN SIE SIE?

WEN?

DIE REBELLEN NATÜRLICH! DESHALB SIND SIE DOCH HIER, ODER?

ICH WEISS NICHT, WARUM ICH HIER BIN. ICH HABE DEN BEFEHL, MICH BEI DER HIESIGEN GARNISON ZU MELDEN. DER TREIBSTOFF HAT NICHT AUSGEREICHT, UND ICH MUSSTE WESTLICH VON HIER IM WALD LANDEN.

KÖNNEN SIE MIR SAGEN, WO DIE QUARTIERE DER PILOTEN SIND?

KLAR. DIE STRASSE ENTLANG, BEIM UHRTURM DANN NACH RECHTS. SIE KÖNNEN SIE NICHT VERFEHLEN.

44

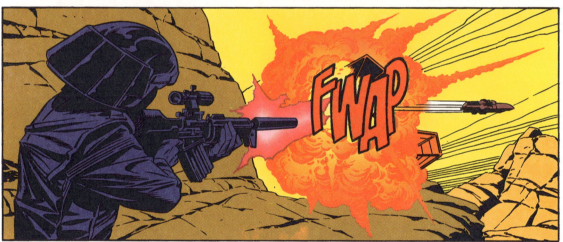

71

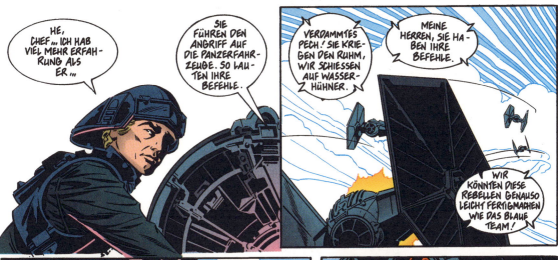

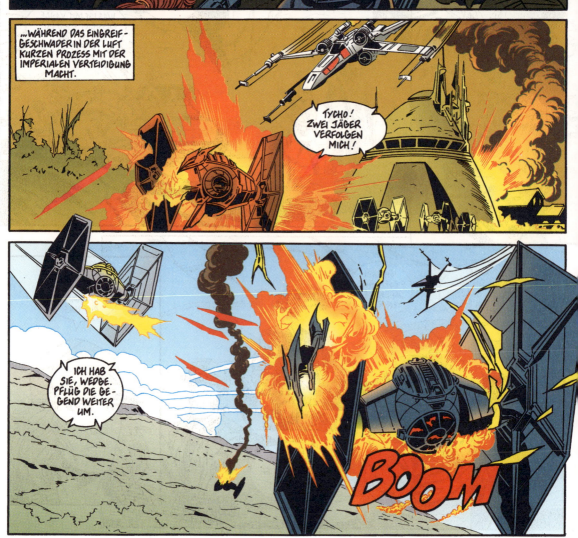